Partition en clé de bleus

Lucie Rodrigues

Partition en clé de bleus

Recueil

LE LYS BLEU
ÉDITIONS

ISBN : 979-10-377-7631-0

À mes proches et même à ceux qui sont loin

****

Chants I
Gaudeamus igitur

****

La terre conte les jours
L’univers regarde
Avant l’Homme à l’origine.

****

Le ciel est le miroir de ce qui est et de ce qui n'est plus, il est question sur l'existence. Sa peinture est changeante, il est le visage de Gaïa, il renferme des messages séculaires, il a vu passer les hommes et leurs guerres, il connaît le secret de sa création.

****

Je trace des azurs
Je peins ses contours
Je regarde le temps, origami sur la peau
Puis je déambule sur l'horizon
Comme le funambule aux branches des saisons
Qui chante ses amours
Je m'accoude à la table de ses yeux
Pour lire sa musique
Et déchiffrer sa partition.

****

La lune berce le troupeau assoupi
Elle jette son aurore létale
Sur le monde endormi
Le songe est fatal
Elle le regarde avec ennui
À travers le clair-obscur, elle caresse les visages pâles.

****

Laissez le SILENCE
Regarder le monde,
Chanter ses rêves,
Dans les mers qu'il inonde
Se couvrir de bleu
Pour qu'il résonne encore
Et trouver les yeux des êtres qui sont morts
Le SILENCE à ses mots, il suffit de l'écrire
Je le brise dans un vers
Dans un éclat de rire.

****

La musique envahit l’espace, emplit l’air, le corps rentre en conversation avec elle, de ses langues puissantes, émerge la vie.

****

« Sur un air de Beirut »
Les sens s'affolent,
Ouvrent les persiennes du monde
Libèrent le jour, greffent l'impression
Dans les artères le sang abonde
Les yeux que la paresse a crevés
Se réveillent, frappent les angoisses
Vivent à mourir, aiment à vivre
En quête de sens, les yeux sont nés.

****

Sur un air de Coltrane

Sur un air saxuel,
Je danse
Mon corps jazzy swing,
Son souffle trompette, trombone
“Just a sing”
Un puzzle de notes sur ma peau
Siffle un air amoureux
Son saxophone langoureux
Envoûte l’air que ses doigts chantent.

****

L'infiniment petit de toi

Comme un atome
Je voudrais être sous ta peau
Au plus près de toi
Me confondre à son parfum
Caresser son velours
Cerner ses aspérités
Me greffer à ses contours
Puis me répandre sur le sel
Suivre l'ombre de ses mouvements
Glisser le long de la pente
Mais à contre-courant
Je voudrais atteindre la langueur
Explorer l'envie
Puis m'y résoudre infiniment.

****

Je parcours le velours
Courbes insolentes
D'un azur aux contours qui me tentent

Viens funambule de ton pas de tango
Danser sur le fil de mon chapiteau
Va où le ciel encore plus beau
Convole et caracole avec les oiseaux

Les notes de Piazzola vibrent
Sa Milonga dissocie bras et jambes
J'avance, funambule, dans ta géographie
Ton rythme est mon Nord, mon Midi.

*****

Je suis bleue de toi
Mes souffrances se taisent
Je suis peau de toi
Ma douleur s'apaise
Je compte tes cils
Les mots me viennent
Au fil de tes doigts
J'accroche mes veines
J'écris tes yeux plus profonds, plus bleus
Plus Chagall encore
Ton ciel me contemple
Ta pluie arrose le creux de moi
Tu es cavité, tu es ventre
Mon antre.

****

J'ai sondé la mer pour t'y voir encore
J'y cherche le bleu des yeux qui te ressemble
J'ai vidé le ciel pour m'y perdre encore
J'y cherche l'amour qui me rassemble
À chaque pas, une rue déserte
Les visages sont tristes et mornes
Ton monde est devin,
Sans toi, le mien est borgne.

****

Le temps n'a pas d'emprise
Sur ceux qui le prennent

L'histoire s'écrit entre deux averses
Le ciel devient tableau d'encre et de pluie
Le vent souffle et balaie les oiseaux d'orage
Il ne reste plus qu'un rai diaphane que le soleil transperce

La page blanche se macule de souvenirs :
Dans un écrin, la glycine sert d'ombrage
Les nymphéas dansent au mouvement de l'onde
À ces notes de musique, l'ouïe se défatigue

Des couleurs chamarrées tissent la toile
L'araignée, la carpe et la grenouille rieuse entrent dans le décor
Tout semble vivre à un rythme qui lui est propre sans minute ni seconde
Le mien est parenthèse, scrutateur de ce spectacle
Le temps alangui n'a pas d'emprise encore
La main trace un silence d'écriture
Et photographie les détails jusqu'à la rature
Quand le soleil s'endort alors tout est de cuivre et d'or.

****

Dans le ventre de la mer, comme celui des origines, je flotte légère, sans effort. Je regarde la terre comme une étrangère, souillée par d'incompréhensibles mouvements de déséquilibre. Dans le ventre de la mer, je questionne le monde, la pensée se révèle à elle-même, sans douleur.

****

Chants II
Il faut apprivoiser le monde et le chanter

****

Quand ***Le Petit Prince*** dit :

« J'ai toujours aimé le désert »
Sa chaleur je la vois
La dune, je la respire et je la sens
Le sable s'étend sur l'azur
Ses clartés claustrales dessinent mes contemplations
Devant cette voûte terrestre
Je tourne la clé et ouvre les fenêtres.

****

Quand ***Le Petit Prince*** dit :

« Tu n'avais eu longtemps pour distraction que la douceur des couchers du soleil »
La douceur de ses couleurs polymorphes rythme la conversation
Entre la terre et l'éther
Floconneuse figures en moutons épars,
Le ciel te sourit Nigelle de Damas
Tu es cette beauté offerte au jardin
Tu es cycles, tu es matins
Ton cœur n'a pas d'âge
À chaque printemps, le ciel attend que tu reviennes de ton repos souterrain.

****

Quand ***Le Petit Prince*** dit :

« J'aime la nuit écouter les étoiles »
Elles s'éteignent le jour, discrètes
Elles s'allument la nuit et chantent aux yeux des Hommes une musique universelle
Ils demeurent curieux de ses sonorités ancestrales
Elles réveillent leurs âmes-noctambules
Désireuses de comprendre leur partition.

****

À Maman

Elle est ma source
Elle est mon commencement
Elle est mon soleil au cœur,
mon souffle, lentement
Tendresse
Caresses
Elle est jardin des origines
Elle est mille fleurs divines
de cerisiers
d'azalées
d'hortensias
de magnolias
de cumin
de jasmin
Inépuisable
Inaliénable
Libre
Libre

Elle est toutes ces femmes à la fois
Aussi fortes que fragiles parfois
Elle est rémission et combat
Elle est chorégraphe de mes joies
Elle a éteint les douleurs que j'accrois

Inépuisable
Inaliénable
Libre.

****

Comme la nuit ne meurt jamais

Dans le silence amer d'une voix sans couleurs
Dans le spectacle mouvant de la chair sans vie
Dans la caresse vide de sa main sur mes seins
La poitrine bat dans le rein du désir
Où le plaisir n'est rien

Comme un songe éveillé
Comme un cœur à l'envers
Comme des mains qui s'excusent
D'aller sur des sentiers contraires
La nuit s'ennuie, les muses s'amusent.

****

Quand elle erre sans sommeil

Comme un songe à partir
Comme une tête sans visage
Comme des accords contraires
Aux règles sans usage
Elle erre
Dans ce pays d'oranges amères
Les yeux dévoilés sur ces terres sans sommeil
La main pâle se couvre de sel
Elle tourne le dos à la plaine
Et souffle sur ses voiles.

****

La grammaire poétique

J'éreinte les pages
Je sèche l'encre
Je durcis la pointe
Je trace les syllabes
Je forme le mot
Le mot dessine
La phrase s'incline
La grammaire ordonne la ligne
Puis... silence.

****

La Sèvre coule dans tes veines

Marais vert d'eau
Marais de chevelures éparpillées
Le long des berges vagues
La barque converse avec le troupeau éveillé

La lumière caracole sur les vagues douces de l'onde
Je narre mon passage, je le sonde
Ciselé par l'or des paupières
Un bonheur saisit la chair
Dans le silence tumultueux
De cette nature sauvage
Je façonne quelques mots sur la page
Puis s'agite l'écho de voix lointaines
Que le vent caressant sème
J'entrevois alors le haleur des temps anciens
Il pousse de nouveaux bateaux sur le chemin
Puis quand éclot la fleur d'églantier
Couleurs et parfums se dispersent dans le marais
D'argent, de vert aigue-marine
Le marais s'incarne dans la narine
Laisse la Sèvre la guider
Car la pâleur de l'hiver va l'emporter.

****

Quand je marche, tout est silence. Quand je marche, le poumon rit, la terre sourit, les oiseaux se taisent. Le théâtre du monde se colore, amoureuse, ma foulée devient discrète et chaleureuse.

****

Pèlerine sur le chemin du bleu, en quête de silence,
elle se rencontre.
Voyageuse taiseuse
La gorge gronde
Le cœur murmure
Dans cette quiétude, elle entend le carillon de l'église,
elle aperçoit un beffroi
Cette marche écrit des routes que beaucoup ne liront pas.

****

Verdures et pic épeiche
Pâtures et huppe fasciée
Conversations de Rossignol
Bal de pinsons des forêts

À la fenêtre des premiers rayons
Je devine des trésors de sensations
Je devine la note et ses harmonies
J'éloigne les graves de mon esprit

Tout est couleurs et mouvements
Le temps monochrome disparaît
Le doigt aux pinceaux des fuseaux apparaît
La rose lentement lui répond

La voix murmure ces refrains
Dans une promenade en La en Si
Et quand le ciel s'épaissit de gris
Un pas s'ébauche sur le chemin.

****

Ciel granit ou feu
La terre se pare d'ocre
L'argile cimente le sol
Vallons d'oliviers
Je regarde et me tais
Les yeux sont sages
Ils guettent le troupeau sans âge
Absorbé par les ronciers
Qui bouleversent la linéarité du paysage
Le pâtre centenaire se protège sous le châtaignier
Les maisons de pierres aux couleurs caméléon
Appellent les paysans fatigués
Qui ne connaissent pas de repos ainsi que leurs aînés
Terre-vestiges c'est une chanson faite de passion
De lueurs dans les yeux et de chants de grillons
Saudades en tambours et cornemuses
Le couchant s'allume jusqu'aux premiers rayons
Ils martèlent l'air en charriant les muses
Les couvrant de baisers, le clair de lune répond
Enivré par la liesse, il s'embrase, s'amuse,
Et retient les aubades qui s'excusent

Freixinho,
Chuchote les racines maternelles
Deilão,
Raconte l’exil paternel
Vitraux qui éclairent ma nuit
Cette chapelle dit ma messe.

****

La terre argileuse que je connais mêle sa porosité au vert délicieux des oliviers. Les châtaigniers fièrement dressés près de la maison semblent vouloir l'embrasser de toute leur tendresse. Le patriarche majestueux sourit et fait sa révérence à ses congénères attendris. Dès les premières lumières, le troupeau sagement gardé piétine les verdures « trasmontanas ». Le Portugal, que je connais, m'étreint de son parfum suave, m'éclaire quand dans ma vie il fait trop nuit, le Portugal que je connais, c'est un réveil matinal au chant teinté de « saudades », c'est l'exil maternel, c'est l'histoire de mon père. Le Portugal est une boussole. Points cardinaux sur la route. Centre de gravité.

****

Chants III
Il faut apprivoiser la nuit et apprendre à mourir

****

Ses larmes sont des enfants
Qui rampent sur les routes
Qui babillent leur ignorance
Qui apprennent le doute
Qui tanguent et s'accrochent à la rampe
Ses larmes sont des adolescentes
Qui dansent ivres dans la nuit
Qui explorent leurs envies
Qui cherchent qui elles sont
Ses larmes sont des femmes
Qui roulent sur les bouches cumin
Qui connaissent le chemin
Qui étranglent les rêves et les suturent

Ses larmes sont des vieilles
Qui sont lasses du Temps qui reste
Qui sont tombées durant la course
Qui ont laissé tarir la source.

****

« Un vendredi 13 novembre »

Vendredi soir, Vendredi rouge, Vendredi ensanglanté pleure, Capitale au cœur-cendre, tes enfants crient. Quand ton silence se répand au-delà de la nuit, la douleur nous saisit. Les chiens ont aboyé, notre liberté doit être tenue en laisse. Leurs maîtres enragés veulent nous mettre la muselière et égorger la liesse. Mais les enfants enfantent des rêves dans leurs insomnies qui dépassent le fléau et la barbarie.
Ils songent à la douceur de jours meilleurs
Sans les visages de l'horreur
Ses balles lâches et ses yeux torves
Se sont dressés contre un vieil ennemi
L'Homme a une Histoire et ses morts,
Il n'ignore pas que la liberté a un prix.

****

Lisboa

Comme un marin sans terre
Les yeux tournés vers toi
Il songe à la lumière
D'un phare avec effroi

Le ciel se renverse
La mer devient fœtale
Les rayons de lune le transpercent
Son bateau n'a plus de voiles

L'aurore ressemble à méduse
Qui danse dans les bras des étoiles confuses
Brisé, le nocher assiste à ses funérailles
La mer déchire la nef et son gouvernail.

****

La mère que je ne serai jamais

La mère que je ne serai jamais regarde croître son nombril jusqu'à l'expulsion de vie la plus précieuse.
La mère que je ne serai jamais vit alors des tourments de chaque instant. Elle chérit la moindre parcelle de peau de son enfant. Elle guette le grain de beauté, elle devine la tache de rousseur à naître, elle implore le ciel de protéger cet être.
La mère que je ne serai jamais essaie de dire ou de traduire le chagrin de son enfant ou ses maux indicibles. Elle entre dans ses yeux pour y lire ses secrets, elle l'élève vers un idéal irascible. Elle dit sans jamais blesser, elle encourage sans jamais conforter, elle oriente sans jamais infliger.
La mère que je ne serai jamais, sans être mère, a au cœur un fil tendu vers le prénom d'une petite musique douce et entêtante. Elle a au cœur un fil tendu vers le prénom d'un gardien du ciel, l'un des sept anges au bâton de pèlerin. Ces liens la font avancer sur le chemin d'une vie plus heureuse.

La mère que je ne serai jamais se trouve confrontée à sa nature qui y renonce et qui lui crie qu'il n'y a qu'une seule maman possible, la sienne.
La mère que je ne serai jamais aura inachevé son histoire.

****

Silences

Il y a des silences
Qui font tonitruer la cloche des angoisses
Qui regardent les absents à table
Qui soliloquent et gourmandent l'amour en fuite

Il y a des silences
Qui sont comme les peintures de Modigliani
Qui décrivent des madones tristes
Celles qui taisent les cris
Qui réveillent la nuit

Il y a des silences
Qui allument les yeux des amoureux
Qui éteignent leurs mots
Taiseux devant l'émotion difficile à traduire

Il y a des silences bleus
Pareils aux yeux des Kabyles
Qui hypnotisent les expressions

Cette partition en clé de bleus a l'éclat de ces silences.

Table des matières

Imprimé en France
Achevé d'imprimer en janvier 2023
Dépôt légal : novembre 2022

Pour

Le Lys Bleu Éditions
40, rue du Louvre
75001 Paris

LE LYS BLEU
ÉDITIONS